청어詩人選 403

꽃이불

한경화 시집

사랑하는 내 자손들아,
부탁한다.
오직 뭉침은 삶의 원동력이니
꼭꼭 뭉치길 바란다.

영원히…

시인의 말

　이 시집은 아들이 사다 준 가수이자 작가이신 김창완 선생님의 동시집 『방이봉방방』을 읽고 누구나 시를 쓸 수 있다는 말씀에 용기 내어 한편 두편 쓰다 보니 시집을 내기까지 되었습니다.

　이렇게 시집을 낼 수 있도록 용기주신 김창완 선생님과 도움주신 청어출판사 이영철 대표님께 감사드리며, 시집출간에 애써준 자손들에게도 고맙다는 말을 드립니다.

한경화

차례

2부 꽃이불

3부　사랑이란 존재

1부

펜과 종이

비닐 봉투

어찌 하여 많이
먹고도 조금 먹은 척
도둑놈 의 심보 과

그릇에 닮아 놓면
본 치도 있건만
비닐에 닮아 노면
먹고도 안 먹은 척
너처럼 음침 한건
너 박 에없네

비닐봉투

어찌하여 많이 먹고도
조금 먹은 척
도둑놈의 심보다
그릇에 담아 놓으면
본치도 있건만
비닐에 담아 놓으면
먹고도 안 먹은 척
너처럼 음침한 건
너밖에 없네

천수만 도요새 떼

이불을 깔아 놓은 듯
넓은 도요새 떼
번개 치듯 이리저리
방향을 바꾸어 가면서
운전이 어찌나
유연한지
감탄과 함성이
절로 나오네

경복궁

임금님은 어디 가고
빈자리만 남아있네!
임금님 음성은 없고
새소리만 이어지네
섬세하고 정겨운 건물과 나무
수많은 세월과 무게를 감당하고 있네

뒷산

뒷산에 올라가
나물을 뜯다가
언뜻 보니
아기는 안 보이고
손만 들고 있네
자세히 살펴보니
고사리였네

파도

거센 파도는
어찌나 성이 났는지
넓은 바다에 작은 배 한 척
파도 속에 가물가물
노련한 뱃사공 누가 가르쳤나
파도가 만든 뱃사공
잔잔한 물이야 누가 못하리

비

비 온 뒤에 나무는
춤을 추고 있다
하늘은 파란 도화지
흰 구름은
자기 멋대로
그림을 그린다
아아 바람님은
심술쟁이다

그림 : 윤아

쥐불놀이

정월 열나흗날 밤
동네 아이들과 쥐불놀이했다
볏짚 또는 깡통 구멍 뚫어
불 담아서 빙빙 돌리며
논둑 여기저기
불붙이며 놀다 손을 보면
손이 새까만 손
어찌할꼬

거짓말

아무리 유능한 거짓말도
진실 앞에
속수무책

들녘

들녘에 가다 보면
이름 모르는 잡초꽃
작기가 깨알만 하다
그렇게 작아도
자기 본분인 그대로의
꽃이 피고 있다
너무 큰 꽃보다는
더더욱 아름답다

산

산은 한글도 산 같고
한문으로도 산 같다
내가 가장 좋아하는 산
언제나 보아도 변함없는 산
삶에 희망을 주는 산
말없이 옷을 갈아입는 산
언제 보아도 검푸른 산
바위와 같이 공존하는 산

바람

색깔도 없고
보이지도 잡히지도 않고
색깔도 없으면서
온갖 심술쟁이
장난꾸러기 바람이
없어서는 안 되는 바람
난폭한 바람
신선한 바람
역시 바람은 바람이네

종이야

내가 닳아 작아져도
영원히 너와 함께할게

사랑해.

　　　　- 연필이가 -

그림 : 상림

펜과 종이

펜 없는 종이
종이 없는 펜

만약에 종이와 펜이 없다면
무엇으로 살까?
그러니 그 둘은
천생연분인가 한다

하얀 백구

하얀 엄마 백구가
아기 백구 일곱 마리 낳았다
아기 백구가 긴 잠을 잔다
이리저리 꿈틀꿈틀
무슨 꿈을 꾸는지
눈 꼭 감고 잠만 잔다
아마도 꿈속에서 소풍 갔나 봐
엄마 아빠 손잡고 뛰어노나 봐

아파트

아파트 벽돌 담 밑에
심어놓은 담쟁이
말없이 설계한다
안으론 영롱한 진주를
달아 놓고
겉으로는 녹색의 레이스
커튼을 친다
그림을 그려 놓은 듯
행인이
발걸음을 멈춘다

그림 : 아람

봄

개나리가 꽃망울 터트릴무렵
병아리도 알을 깨고
나왔네 세상 밖에 여행을나와
개나리 꽃을 보고 거도
노랑 옷을 입었구나
나 처럼

봄

개나리가 꽃망울 터트릴 무렵
병아리도 알을 깨고 나왔네!
세상 밖에 여행을 나와
개나리꽃을 보고
너도 노랑 옷을 입었구나!
나처럼

발발발

어찌나 고마운 발
어디든지
데려다주는 발
발의 보답을
무엇으로 할까?

귀뚜라미

어느 날 밤에 잠을 자다가
깨어보니
귀뚜라미가 노래를 한다
귀뚜라미 음악에
취해버렸네
멋진 가수님들

사랑 1

사랑은 위대한
창조의 신화다
그 누가 사랑 앞에
큰소리치리오
사랑과 자연은
공존할 수 있으라
인생은 사랑 앞에
겸손해지리라

사랑 2

사랑하는 나의 자손
그 무엇에 비할꼬
보고 보고 또 보아도 보고픈 내 자손
언제까지 영원토록
건강하고 행복하라
할머니 마음 엄마의 소망
끝없이 영원하길
한경화 마음

그림 : 은서

비행기

비행기 타고 내려다보니
아득한 땅과 허공
넓고 넓은 공간에 흰 구름
꽃이 피어 내 마음마저
빼앗아 가네
비행기도 날고 내 마음도 날고
구름도 나니 삼박자의 꿈을
신고 허공을 난다

청소기

흉년이 되어도
풍년이 되어도
아무 걱정 근심 없이
먼지만 먹고도
식중독도 안 걸리고
잘살고 있네

고무줄놀이

유년의 친구와
고무줄놀이
해 가는 줄도 모르고
재미있게 놀다 오면
꼭 혼나는 날이다

재미없이 놀면 안 혼나고
재미있게 놀면 꼭 혼이 난다
재미있는지 없는지
꼭 안다

등댓불

외로운 바닷가에 우뚝 선
등댓불
밤에도 잠 안 자고
노심초사 부모 마음
비바람이 몰아치고
눈보라가 쳐도
굳건히 제 자리에
지키고 있네

2부

꽃이불

그림 : 상열

꽃이불

꽃이불 깔고 덮고
꽃잠을 잔다
꿈속에서 꽃길을 가다가
꽃폭탄을 만나
깜짝 깨어보니
꽃꿈이었네

보름달

보름달 속에는
선녀님들이 강강술래 하는지
달 속에서 어른어른
선녀들이 모여서
축제나 하는 모양이다
옛 조상님도 그 흥겨운
구경하시고 우리에게
전수하셨네

만약에

만약에 내가 많이 배웠다면
하고 싶은 것은 장관이다
무슨 장관
환경부장관이다
숨 막히는 공기
어찌할꼬

시계

시계는 아무리 달려도
열두 발짝
또 달려도
또 열두 발짝
그러나 그 시계는
세계를 움직이는
위력이 있다

누가 열셋도 못 세는
바보라 할까

지나갑니다

모든 것은 영원한 것은 없다
행복도 슬픔도
기쁨도 모두 지나간다
아픔도 지나가야 산다
앞에 있는 사람도 지나가야
뒤에 있는 자도 지나간다
인생의 순리를 누가 막으리오

가을철

천고마비 황금 들판에
우뚝 선 허수아비
쉬려도 쉴 새 없이

두 팔 활짝 펴고
참새들의 교통정리에
주름살 늘어나네

빛과 어둠

빛은 어둠을 잡고
어둠은 빛을 잡는다
우리는 빛과 어둠에
묻혀 각자 연극배우다
모든 이의 예술이다

가로등

거리에 가로등은
빛을 선사하고
쓸쓸히 나와 있는
가녀린 여인
불빛에 묻혀
걷고 있는 그의
자화상은 그림자와 둘이

그림 : 시후

매미

한여름에 매미는
노래자랑을 한다
왕매미는 알토와 바리톤을 부르고
찌매미는 소프라노를 부른다
뜨름이는 트롯을 부르고
여치도 발라드로 장식한다
누가 대상 탈지
궁금하네

돌, 과, 이

유년기 에 과의 생각

사람 입안에 돌이 줄맞추어
났을까?
그 돌 가지고 잘도 먹네

닦고 보니
그것이 이빨 이였네

돌과 이

유년기에 나의 생각
사람 입안에 돌이 줄 맞춰 놨을까?
그 돌 가지고 잘도 먹네

다 크고 보니
그것이 이빨이었네

장롱

어쩜 장롱은
한 가정을 지키는
수호신이다
안방에 떡 지키고
있는 모양은
수호신 같이 늙어진다
어쩜 가장도 같다

소꿉장난

건넛마을 친구를
소꿉장난하려고
힘껏 부르면
건넛산에서
흉내 내는 놈은 누군고

잔잔한 바다

바다는 은빛의 물비늘이
숨을 죽이고 있고
황금 같은 사구는 자연의 미술에 묻혀있고
80이 훌쩍 넘은 노장들은
손에 손잡고 힐링하는 모습이
자연의 일부인가 하네

나무와 꽃

자연 따라 나무와 꽃은
말없이 바쁘다
가을이면 내년을 준비하느라
꽃과 잎이 필 것을
설계하기가 바쁘겠지
사람은 늘 따라만 간다

바다 갯벌

서해 바다 갯벌에
짱뚱어 가
썰매를 탄다
미끌 미끌 몸뚱이는
머드 팩 하고
반짝이는 눈 망울만
광 채가 나네

바다 갯벌

서해 바다 갯벌에
짱뚱어가
썰매를 탄다
미끌미끌 몸뚱이는
머드팩하고
반짝이는 눈망울만
광채가 나네

억새

억새 여름은 푸르른 녹음방초 이루고
가을엔 황금 들판 벼를 닮은
황금 옷을 입고
겨울엔 눈을 닮은 흰 장갑 끼고
두 손을 흔들며
춤을 추고 있네

잔디

여름엔 청잔디
가을엔 금잔디
멀리 보면 아름다워
한걸음에 갔더니
어찌하여 아름다움이 없네
차라리 멀리 볼 것을

명절

나 어릴 적 명절에
때때옷과 꽃고무신
부모님이 사 오셨다
이제 열흘 남았다 하시면
흙 담벼락에 열 개 줄 그어놓고
하룻밤에 한 개씩 지우는데
날짜가 참 너무도 안 돌아오네
그 옛날 어릴 적에

떡갈나무

산마루에 떡갈나무
자식 농사 잘 지었네
저마다 빵모자 눌러쓰고
엄마 아빠 앞에 재롱부리다
땅에 떨어지면 엄마 아빠
닮은 떡갈나무 탄생하네

여름

기승을 부리던 여름은
힘없이 무너지고
말없이 고요히
찾아오는 가을
알알이 모여 모여
풍성한 가을

그림 : 혜원

참새와 나무

단풍 들어 다 떨어진
앙상한 나무에
봉실봉실 참새가
잘도 열렸네
떨어질까 두려워
바람 불까 두려워
초조한 마음

밤

밤이 깊어 가면
눈싸움을 한다
눈싸움에 이겨봤자
자기만 골탕먹네
아예 순종하고
잠이나 자자

생각

요놈의 생각은
보이지도 잡히지도
않는 생각이란 놈
색깔조차도 없는 놈이
심술궂고 장난치고
요리조리 제멋대로
놀아나지만
그래도 어른 생각이
꽉 누르고 교통정리 한다

동치미

우리 집 동치미는 모임을 한다
무 손님
쪽파 손님
생강 손님
마늘 손님
갓 손님
물 손님
소금 손님이
모여 동치미 작품 한다
아 아 시원한 동치미

그림 : 아람

노래란 무엇인가

노래란 영원한 시다
예술인이 창조한 뜻깊은 시
시가 노래인지
노래가 시인지
내 마음을 헷갈리게
하는구나

산사에

산사에 적막한 암자에
불 밝히는 촛불
무슨 사연이 있기에
저렇게도 속을 태우며
눈물을 흘리나

3부

사랑이란 존재

칠게

엄마 칠게가
아기 칠게에게
반듯하게 걸어가라고
수차 말해도 옆으로만 걷네
꾸중을 하니
엄마도 걸어보라 해서
엄마가 걸어보니
역시 옆으로만 걸어간다
칠게의 본능인가 한다

그림 : 상영

유년 시절

나 어릴 적 유년 시절에
할머니와 할아버지가
화롯불에 계란밥 만들어주셨다
어찌나 맛이 있었는지
지금도 못 잊은
울 할아버지 울 할머니

당 황

갑작이 책을 가저와서
무엇이든 쓰라니 내가
문장이 약해서 자신이 없네
나는 왜 이렇에 무직할까
마음은 창공을 날을것 같은데
어쩜 곤두박질 칠것같다
용기도 없어서 모든게
　　미 완 성

　　쓰 다 만 　펀지

당황

갑자기 책을 가져와서
무엇이든 쓰라니
내가 문장이 약해서 자신이 없네
나는 왜 이렇게 무식할까
마음은 창공을 날 것 같은데
어쩜 곤두박질칠 것 같다
용기도 없어서 모든 게
미완성
쓰다만 편지

노트

깨끗한 노트에
볼펜을 들고
특히 쓸 말도 없는데 쓰고 싶은 기분

지난날을 써볼까
현실을 써볼까
마구 아무거나 써보고 싶은 마음
흰 종이는 볼펜을 좋아하네

불암산

불암산 기슭에 깔려 있는
너럭바위 옆으론
약수물이 물맛도 좋았는데
지금은 바위에서 놀던 아이들도
어른이 되고 정겹던 곳이 다 사라지고
웬 아파트 숲속이 되어버렸네

소나무

가녀린 소나무가 말없이 애원하네
까시랑이 풀 넝쿨에 꽁꽁 묶여 서 있네
그것을 발견하고 다 가위로 잘라내니
교감이나 하는 듯이 하늘 하늘 춤을 추네

그림 : 상열

옛날

옛날에는 연말이면
잠도 설쳤는데
요즘은 연말이면 마음이
또 한 살 주름살이 쌓이네
누구라고 그 마음이 없을까
철이 드는 건지
철이 없는 건지
내가 내 마음 모르겠네

예쁜 갈매기

갈매기는 복도 람과 넓은
바다가 밥그릇 이다 파란
하늘은 운동장 바람에 걸릴까
구름에 걸릴까 파도에 걸릴까
공기에 걸릴까 만양 나르고
싶은 대로 창공을 나른다
떠이는 자라 있는 식사 그 고기
누가 위협 하는 자도없다

    그 자는 행복 함을 알까?

78

예쁜 갈매기

갈매기는 복도 많다
넓은 바다가 밥그릇이다
파란 하늘은 운동장
바람에 걸릴까
구름에 걸릴까
파도에 걸릴까
공기에 걸릴까
마냥 날고 싶은 대로 창공을 난다
먹이는 살아있는 식사다
고기
누가 위협하는 자도 없다
그자는 행복함을 알까?

물레

할머니가 무명실 뽑는데
물레를 돌리면
나는 할머니 무릎 베고 누웠다
무명 줄이 끊어지면
내 머리를 돌돌 감겼다
아프다고 울면
그러게, 베개 베랬지
하시며 나를 달래셨다
아 아 옛날이여
울 할머니 보고 싶다

눈 내린 밤

밤새도록 고요히 내린 눈이
크고 작은 흉물들을 다 덮어놓고
깨끗한 하얀 나라 만들었네

새하얀 벌판에 토끼 발자국도 없이
넓게 펼쳐놓은 도화지 한 장 위에
붓끝에 먹물 한 획도 흉이 될까
두렵네

동장군

동장군이   애써
얼어 놓은   어름
봄   햇님은
그   어름을
다   먹어 치운다

그덕분에
붕어 떼는
꼬리 치며   놀고
있네

동장군

동장군이 애써
얼려놓은 얼음
봄 해님은
그 얼음을
다 먹어 치운다

그 덕분에
붕어 떼는
꼬리치며 놀고 있네

몽당연필

유년 시절에 친구가
학교를 간다
우리 집은 유득이
꽈리 나무가 있다

친구는 그 꽈리를 따달란다
나는 안 된다고 하면
몽당연필을 주며 따달란다
몽당연필 받아 들고
꽈리를 따주었다

그림 : 보형

껍데기

나는 껍데기만
씌워놓은 누구누구다

내 안에 누가 들어있나
울 할아버지 울 할머니만
꽉 차 있다
갚지 못할 빚이여
애달프구나

대추나무

봄이면 모든 만물이
꽃이 피고 잎이 피어
만발하건만
어이하여 대추나무는
깊은 잠에서 뒤늦게
깨어나서 서둘러 잎이 피는
모습이 아주 분주하다
그래도 과일은 제일 먼저 자랑한다

금낭화

노들에 금낭화는
가녀린 줄기에다
복주머니에 복을 담아
줄지어 달아 놓고
복 없는 분께 나누어 주려고
내심 기다리는 마음

신발

어디든 가자 하면
말없이 따라
나서는 신발
목적지도 모르면서
과감히 앞장 서준다
그러나 그 지인은
고마움조차 모르고 있다
아 아 위대한 신발

고구마

한겨울에 딱끈딱끈
구운 고구마
추워서 목욕을 못 했나
까만 군고구마
속살을 볼라치면
군침이 절로 난다

그림 : 상영

내일

내일을 잡으려고
일찍부터 밤새도록
지켰건만
어느새 새벽에
또 도망쳤네
아 아 내 평생
내일은 못 잡겠구나

은구슬

풀 끝에 달아 놓은
하얀 은구슬
자연이 밤새도록
잠도 못 자고 영롱한 진주를
만들었건만
해님은 가차 없이
제거하는구나

사람이란 존재

사람이 늙으면 구부러진다
수많은 햇빛을 등에 짊어지고
나 살려라 달려도 가지질 않네
무거운 짐에 쓰러지고 마네
애달픈지고

나무의 습성

첫째, 나무끼리 해를 안준다
더우면 바람 실어 나르고
비 오면 흙을 못 나가게 하고
흐르는 물은 정수기 역할하고
음이온 산소 뿜어내며
눈 올 땐 눈꽃도 피워주고

더우면 정자가 되고
수많은 종이가 되고
나무가 죽으면 화목이 되고
재는 작물을 키우고
토양까지 살린다
사람도 나무를 닮았으면 좋겠다

배추밭

바닷가의 배추밭에
눈이 하얗게
이불을 덮었네
봄이면 새하얀 치마에
녹색의 저고리를 입고
햇빛에 반짝반짝
눈웃음치네
어릴 적 머릿속에
영원한 배추밭

그림 : 형은

4부

자손은 거울이다

청춘

무정한 청춘이 나도 몰래
왔다가 나만 남겨 놓고
자기는 떠나갔어요

가는 줄 알았으면
붙잡아 볼 걸
덧없이 나만 두고
가버린 청춘아

빵집

길가에 빵집은 허풍 빵집
크고 호담하여 한 개를 샀다

집에 와서 먹으려고
잘라봤더니 웬 텅 빈 허풍 빵이다
꽉 찬 빵보다는 비어있는 빵이
건강이 꽉 차 있네

그림 : 혜진

늙고 보니

눈은 어두워지고
마음의 눈은 밝아지네
전에 안 보인 모든 것들이
이제야 보이네

늘

늘이라는 글자 속에

또 늘이 들어있다
늘 건강하고
늘 행복하고
늘 젊었으면 좋겠네

빈 소주 병

꽉 찬 소주 병이 남을
위하여 다 내에주고
빈 병만 글러도 원망도
불만도 없이 흡족 하게
글러 글러 제 갈길 를
    찾은 구나

빈 소주병

꽉 찬 소주병이
남을 위하여
다 내어주고
빈 병만 굴러도
원망도 불만도 없이
흡족하게 굴러
제 갈 길을 찾는구나!

그림 : 다솔

봄이 오다

봄이 오다가 깜짝 놀라
달아났네
짓궂은 여름이
봄을 쫓아버리고
자기가 봄 여름 다 차지한다네
가을도 위험 수에 빠지겠네

입 안의 이의 숫자

28개의 이가
저마다 직업이 다르다
이만 공통점이고
직업은 달라 책임이 따로 있다
고마운 이를 이제 느끼고
칭찬에 소홀하면 안 되겠네

러시아

러사에서　잠수암　속을　관람
하였다
엄마의　배속　처럼
느껴　졌다　칸칸이
압력　밤솥처럼　고무　바킹　문

빠저　나오자니　너무나

힘든　과정　어찌나
섬세　한지　논문을　보는듯　했다

러시아

러시아에서 잠수함 속을 관람하였다
엄마의 뱃속처럼 느껴졌다
칸칸이 압력밥솥처럼 고무 패킹 문
빠져나오자니 너무나 힘든 과정
어쩌나 섬세한지 논문을 보는듯했다

자손은 거울이다

거울은 거짓이 없다

거울 앞에 실수란
속수무책이다

무엇이든 반듯하게
해야만 한다

부모님의 가르침이
아니겠는가

인생 드라마

태어나면 즉시 배우가 된다
편집도 못 하고 꼼짝없이 연기한다
무슨 배역인지 알지도 못하고
무조건 주연 주인공이다
종사에 그날까지 주인공이다

산 메아리

지금도
내 귀에 산 메아리가 들린다
내 흉만 내는 산 메아리
나 어릴 적 신기한 메아리 놈
얼굴도 없으면서 흉내 내는 산 메아리
아 아 보고 싶다
장난꾼

단풍

말아버린 단풍잎
무엇이 그리워 못 떨어지고
색깔마저 빛바래서
안 예쁜 얼굴 요리조리
쪼그라져 보기도 싫네
사연이 무엇인지
알고 싶구나
남들은
다 떨어졌는데 무엇이 모자라
못 떨어졌나

도화지

푸르고 넓은 하늘 도화지

가지각색 색깔로
그려 놓은 구름 그림
날마다 바꿔 그린 구름 솜씨
구름 선생님은 누구일까

약속

나 어릴 때
나 어릴 때 할머니는
나와의 약속 안 지켰다
소꿉장난한다고 해놓고
바빠서 못한다고 해서 서운한 마음
80이 넘어서도 잊지 못한 한이 서린다

그림 : 혜원

가을

가을에 떨어진
낙엽은
산만하게 잘도 구르더니
피곤한지 화이트 이불 덮고
고이 잠에 빠졌네

낙엽

굴러가는 낙엽은
바람 기차를 타고
돌아올 표는 안 사고
가는 표만 샀나 봐
장거리 여행 가나 봐
아주 먼 장거리로

가을 산 1

가을 산은
눈은 바쁘고
다리는 머문다

가을 산 2

형형색색의 단풍
사람 마음을 전부
빼앗아 간다
사람도 노년에
저렇게 아름다울까

떨어져 가는 단풍과
늙어가는 인생과
공존하는 듯하네

마 당

벌레 이름이 질라 라비다
시골 집 마당에 벌레
구멍을 찾아서
부추 한줌 잘라다
구멍에 질러 넣으면
벌레는 부추를 문다
재 빨리 뽑아 올리끄면
벌레가 나온다
엇지나 신기 한지
어릴 적 추억
노리 감이 없어서 일까
재 미 있었지

116

마당

벌레 이름이 질라라비*다
시골집 마당에 벌레 구멍을 찾아서
부추 한 줌 잘라다 구멍에 찔러 넣으면
벌레는 부추를 문다
재빨리 뽑아 올리면
벌레가 나온다
어찌나 신기한지
어릴 적 추억
놀잇감이 없어서일까
재미있었다

*질라라비: 잠자리의 방언

그림 : 태호

자전거

앞으로 앞으로

굴러만 가는 자전거는

마치 세월을 닮았구나

죽었다 깨도

후진은 없네

반딧불

두꺼운 어둠 속에

얼굴을 묻고

머언 곳에 보이는

반딧불 한 개

어느덧 내 속까지
찾아왔구나

꼬막 조개

어쩌자고 하얀
누비옷을 입고

그것도 가장 진흙 속에서

뒹굴고 있나 그래도

속살은 진주처럼

영롱하구나

갈퀴는 게

게 이름 적어볼까
꽃게 대게 참게
농게 황발리 청게
홍게 백하지게 돌장게
능정게 사시랑게
색색이게
내가 아는 게가 12가지다

갈퀴로 음식을 갉아 먹고 산다

물은 거울이다

깊고 깊은 물 속에
달과 은하수 별까지

하늘 전체가 다
물에 빠졌네

클로버

넓은 들녘에 깔려있는 클로버
유년의 친구와 고사리 같은 손으로
네잎클로버 잎을 찾아도 없네 그래
포기하고 꽃을 잘라
꽃시계를 만들어 보던 옛날이 그립다

메뚜기

가을철에 병들고
메뚜기 잡으러 가면
메뚜기는 볏짚 사이
요리조리 숨바꼭질 한다
재빨리 잡아서 한 병 가득
가져와서 간식을 한다

손

손을 놓고 어찌 논할꼬
수많은 창의력과
머리의 지시대로
움직이는 손
존경스로운 손

달력

한 장 두 장
넘어가는 달력을 보며
넘어가는 달력보다
돌아오는 달력에 희망을 건다

꽃이불

한경화 지음

발행처   도서출판 **청어**
발행인   이영철
영업   이동호
홍보   천성래
기획   남기환
편집   방세화
디자인   이수빈 | 김영은
제작이사 공병한
인쇄   두리터

등록   1999년 5월 3일
          (제321-3210000251001999000063호)

1판 1쇄 발행 2023년 9월 20일

주소   서울특별시 서초구 남부순환로 364길 8-15 동일빌딩 2층
대표전화 02-586-0477
팩시밀리 0303-0942-0478
홈페이지 www.chungeobook.com
E-mail   ppi20@hanmail.net

ISBN   979-11-6855-180-0(03810)